PIECES RECUEILLIES

DE

MM. DE VOLTAIRE

ET

PIRON.

Accompagnées de quelques Notes pour en faciliter l'intelligence aux perſonnes qui ne ſont point ſavantes.

AU PARNASSE,

Chez les Héritiers d'Apollon.

M. DCC. XLIV.

AVERTISSEMENT
DE L'IMPRIMEUR.

L'Attention avec laquelle un Amateur des Lettres fort connu à Paris rassemble tout ce qui sort de la plume de M. de Voltaire & de celle de M. Piron, deux plumes également inimitables chacune dans son genre, nous a procuré l'avantage de faire un présent au Public que nous avons crû de nature à lui être agréable. Les Piéces que nous lui donnons, doivent être d'autant mieux reçûës qu'il y en a plusieurs qui sont très-nouvelles, & que les autres sont fort peu communes. Telle est l'Epitre ou Lettre Prosaïco-Poétique à M. de Génonville sur le Systéme, laquelle a été faite dès l'année 1720, & ne se trouve dans aucun Recueil imprimé des Poésies de M. de Voltaire. Cette Brochure pourra donc servir de Supplément à ses Oeuvres jusqu'à ce qu'il en accorde une Edition complette aux vœux du Public éclairé, qui voit avec douleur tant de morceaux dignes de son admiration, ou perdus pour lui, ou défigurés par des Éditeurs sans lumiéres & sans goût.

PIECES RECUEILLIES DE M. DE VOLTAIRE.

I.

LETTRE MÊLÉE DE VERS ET DE PROSE,

A SON AMI

Feu M. DE GÉNONVILLE, Conseiller au Parlement de Roüen.

Sur le Systéme.

AMi, que je chéris de cette amitié rare
Dont Pylade (*a*) a donné l'exemple à l'Univers
Et dont Chaulieu (*b*) chérit la Fare (*c*),
Vous pour qui d'Apollon les Trésors sont ouverts,
Vous dont les agrémens divers,
L'imagination féconde,
L'esprit & l'enjouement sans vice & sans travers
Seroient chez nos neveux célébrés dans mes Vers,

Si

(*a*) Héros de l'ancienne Gréce, célébre ami d'Oreste fils d'Agamemnon Roi d'Argos.

(*b*) Guillaume Anfrie-de Chaulieu, Abbé d'Aumale, &c. mort en 1720.

(*c*) Charles-Auguste de la Fare, Comte de Laugére, appellé *le Marquis de la Fare*, Capitaine des Gardes du Corps de Monsieur (Philippe de France Frére unique de Louis XIV) mort en 1712.

Si mes Vers, comme vous, plaisoient à tout le monde,
Votre Epitre a charmé le Pasteur de Sully (*a*).
Il se connoit au bon, & partant il vous aime.
Votre écrit est par nous dignement accueilli;
Et vous seriez reçu de même.

Il est beau, mon cher Ami, de venir à la Campagne tandis que Plutus fait tourner toutes les têtes à la Ville! Etes-vous donc réellement devenus foux à Paris? Je n'entens parler que de millions. On dit que tout ce qui étoit à son aise est dans la misére, & que tout ce qui étoit à la mendicité nage dans l'opulence. Est-ce une réalité? Est-ce une chimére? La moitié de la Nation a-t'elle trouvé la Pierre Philosophale dans des moulins à papier? Law (*b*) est-il un Dieu ou un fripon, ou un Charlatan qui s'empoisonne de la drogue qu'il distribuë à tout le monde? M. le R..... est-il de bonne foi, ou est-il trompé? Veut-il avoir tout l'argent du Royaume, ou se contente-t'il de richesses imaginaires? C'est un cahos que je ne puis débrouiller, & auquel je m'imagine que vous n'entendez rien vous-même. Pour moi personnellement je ne me livre point à d'autres chiméres que celles de la Poësie.

Avec

(*a*) Siége du Duché-Pairie de ce nom en Sologne. L'Auteur étoit alors chez le Duc de Sully Maximilien-Henry de Béthune prédécesseur de M. le Duc de Sully d'aujourd'hui son Cousin & son plus proche héritier. Il étoit ami des Lettres & de tous les beaux Esprits.

(*b*) Jean Law Ecossois, dont le nom se prononce comme s'il s'écrivoit *Lass*, auteur du systême, devint Contrôleur général des Finances pendant la Régence, & fut obligé de sortir du Royaume, après lui avoir donné l'unique moyen qu'il y ait peut-être de rétablir la confiance propre à faire fleurir un grand Etat.

Avec l'Abbé Courtin (a) je vis ici tranquille,
Sans aucun regret pour la Ville
Où certain Ecossois, malin
Comme la vieille Sybille
Dont parle le bon Virgile (b),
Sur des feuillets volans écrit notre destin (c).
Venez nous voir un beau matin,
Venez, aimable Génonville,
Apollon dans ces climats
Vous prépare un doux asile.
Voyez comme il vous tend les bras,
Et vous rit d'un air facile.
Deux Jésuites en ce lieu,
Ouvriers de l'Evangile,
Viennent de la part de Dieu
Faire un voyage inutile.
Ils veulent nous prêcher demain.
Mais pour nous défaire soudain
De ce couple de chattemittes,
Il ne faudra sur le chemin
Que mettre un gros Saint Augustin.
C'est du poison pour les Jésuites.

(a) C'est celui contre qui Rousseau a fait plusieurs Epigrammes après en avoir reçu de très grands services. Il n'est mort que depuis quelques années.
(b) Enéid. liv. VI.
(c) Les billets de Banque.

II.

EPITRE

A M. le Comte DE MAUREPAS,

Ministre & Sécrétaire d'Etat.

AImable & sage Esprit, que le Ciel a fait naître
Et pour plaire au Sujet & pour servir son Maitre,
Que j'aime à voir toujours par des soins bienfaisans
Encourager les Arts à ta voix renaissans!
Sans accorder jamais d'injuste préférence,
Entre tous les rivaux ta main tient la balance,
Tel qu'un pere éclairé qui sait de ses enfans
Discerner, applaudir, employer les talens.
Je plains un esprit foible, aveugle en sa manie,
Qui dans un seul objet confina son génie,
Et qui de son Idole adorateur charmé
Veut immoler le reste au Dieu qu'il s'est formé.
Entens-tu murmurer ce sauvage Algébriste
A la démarche lente, au teint blême, à l'œil triste,
Qui d'un calcul aride à peine encore instruit,
Sait que quatre est à deux ce que seize est à huit.
Il méprise Racine. Il insulte Corneille.
Lulli n'a point de sons pour sa pesante oreille;
Et Rubens (*a*) vainement par ses pinceaux flateurs
Embellit la nature, assortit les couleurs.

Des

(*a*) Peintre de l'Ecole Flamande, & l'un des plus fameux du dernier siécle.

Des A A redoublés admirant la puissance,
Il croit que Varignon (a) fut seul utile en France,
Et s'étonne surtout qu'inspiré par l'Amour,
Sans algébre autrefois Quinault (b) charma la Cour.
Avec non moins d'orgueil & non moins de folie
Un Eléve d'Euterpe (c), un enfant de Thalie (d),
Qui dans ses Vers pillés nous répéte aujourd'hui
Ce qu'on a dit cent fois & toujours mieux que lui,
De sa frivole Muse admirateur unique,
Conçoit pour tout le reste un dégoût léthargique,
Prend pour des arpenteurs Archiméde (e) & Newton (f),
Et voudroit mettre en Vers Cujas (g) & Cicéron.
Pourtant ce Géométre & ce Rimeur futile,
Bouffis également d'un orgueil imbécille,
Sont regardés tous deux avec un ris mocqueur
Par un Légiste en robe, apprentif chicanneur,
Qui, de papier timbré barbouilleur mercénaire,
Nous vend pour un écu sa plume & sa colére.
» Pauvres foux! Vains esprits! (s'écrie avec hauteur
Un ignorant fourré, fier du nom de Docteur)
» Venez à moi, je suis l'Oracle de l'Eglise.
» J'argumente, j'écris, je benis, j'exorcise.
» J'ai des Pécheurs, en Chaire, épluché tous les cas.

(a) Profond Géométre, mort Professeur de Mathématiques au Collége des Quatres Nations à Paris.
(b) Auteurs des paroles de nos premiers Opéra.
(c) Muse qui préside à la Poésie pastorale.
(d) Muse qui préside à la Comédie.
(e) Géométre Sicilien, tué durant le siége de Syracuse par les Romains.
(f) Chevalier Anglois qui a été Géométre, Physicien, Astronome, &c.
(g) Savant Jurisconsule du XVI. siécle, qui enseigna le Droit dans l'Ecole de Bourges alors très-fameuse.

» J'ai trente ans (sans l'entendre) expliqué S. Thomas. «
Ainsi les Charlatans, de leur art idolâtres,
Attroupent un vain peuple au pié de leurs Théâtres.
L'honnête homme est plus juste. Il approuve en autrui
Les goûts & les talens qu'il ne sent point en lui.
Jadis avant que Dieu, consommant son ouvrage,
Dans notre premier pére eût soufflé son image,
Il se plut à créer des animaux divers,
L'Aigle au regard perçant pour régner dans les airs,
Le Paon pour étaler l'iris de son plumage,
Le Coursier vigoureux, ardent, plein de courage,
Le Chien fidéle & prompt, l'Ane docile & lent,
Et le Taureau farouche, & l'animal bêlant,
Le Chantre des Forêts, la douce Tourterelle
Qu'on a cru faussement des Amans le modéle.
L'homme les nomma tous; Et par un heureux choix
Discernant leur instinct, assigna leurs emplois.
Ainsi par un goût sûr, par un choix toujours sage,
Des talens différens tu fais un juste usage.
Tu sais de Melpoméne (*a*) animer les accens.
De sa riante sœur chérir les agrémens,
Protéger de Rameau (*b*) la brillante harmonie,
Et mettre le compas dans la main d'Uranie (*c*).
Le véritable esprit peut se plier à tout.
On ne vit qu'à demi, quand on n'a qu'un seul goût.
Heureux qui sait mêler l'agréable à l'utile,

(*a*) Muse qui préside à la Tragédie.
(*b*) Musicien célébre.
(*c*) Muse qui préside à l'Astronomie & à toutes les hautes Sciences.

Des travaux aux plaisirs passer d'un vole agile,
S'occupper en Ministre & vivre en Citoyen,
Et se prêter à tout sans s'asservir à rien !
Un semblable Génie, audessus du vulgaire,
Sait l'art de gouverner ainsi que l'art de plaire.
On voit d'autre Mortels au pié du Trône admis.
Ils ont tous des flateurs; lui seul a des amis.

III.

EPITRE AU ROI DE PRUSSE

Peu de tems après son avénement au Trône en 1740.

QUoi, vous êtes Monarque; Et vous m'aimez encore!
Quoi, le premier moment de cette heureuse Aurore
Qui promet à la Terre un jour si lumineux,
Marqué par vos bontés, mèt le comble à mes voeux!
O cœur toujours sensible! Ame toujours égale!
Vos mains du Trône à moi remplissent l'intervalle.
Et Philosophe & Roi, méprisant la grandeur,
Vous m'écrivez en homme, & parlez à mon cœur.
Vous savez qu'Apollon, ce Dieu de la lumiére,
N'a pas toujours du Ciel éclairé la carriére,
Dans un champêtre asyle, il passa d'heureux jours.
Les Arts qu'il y fit naître, y firent ses amours.
Il chanta la vertu. Sa divine harmonie,
Polit des Phrygiens le sauvage génie (*a*).

(*a*) Apollon exilé du Ciel par Jupiter passa chez Admète Roi des Molosses, & ensuite en Phrygie auprès du Roi Laomédon à qui il aida a bâtir les murs de Troie. *Nat. Comes Mythol. lib. IV.*

Solide en ses discours, sublime en ses chansons,
Du grand art de parler il donna des leçons.
Ce fut le siécle d'or; (Car malgré l'ignorance,
L'âge d'or en effet est le siécle où l'on pense).
Un Pasteur étranger (*a*), attiré vers ces bords,
Du Dieu de l'harmonie entendit les accords!
A ses sons enchanteurs il accorda sa Lyre.
Le Dieu qui l'approuva, prit le soin de l'instruire.
Mais le Dieu se cachoit; & le simple Etranger
Ne connut, n'admira, n'aima que le Berger.
Je suis cet Etranger, ce Pasteur solitaire;
Mais quel est l'Apollon qui m'échauffe & m'éclaire?
C'est à vous de le dire, à vous qui l'admirez,
Peuples qu'il rend heureux, Sujets qui l'adorez.
A l'Europe étonnée annoncez votre Maître.
Les vertus, les talens, les plaisirs vont renaître.
Les Sages de la Terre, appellés à sa voix
Accourent pour l'entendre & recevoir ses Loix.
O toi dont la vertu brilla persécutée,
Toi qui prouvas un Dieu mais qu'on nommoit Athée,
Martir de la raison, que l'Envie en fureur
Chassa de son pays par les mains de l'Erreur (*b*),
Reviens, il n'est plus tems qu'un Philosophe craigne.
Socrate est sur le Trône; Et la vérité régne.
Cet or qu'on entassoit, ce pur sang des Etats
Qui leur donne la mort en ne circulant pas,

(*a*) La fable ne dit point quel est cet étranger. Il paroit que c'est un trait de l'imagination du Poëte.

(*b*) M. Wolf, exilé par le pére du Roi de Prusse, & que ce Prince à son avénement au Trône a fait son Chancelier.

Répandu par ses mains au gré de sa prudence,
Va ranimer leur vie & porter l'abondance.
La sanglante injustice expire sous ses pieds.
Déja les Rois voisins sont tous ses Alliés.
Ses Sujets sont ses fils, l'honnête homme est son frére.
Ses mains portent l'olive & s'arment pour la guerre.
Il ne recherche point ces énormes Soldats,
Ce superbe appareil, inutile aux combats,
Fardeaux embarassans, Colosses de la guerre,
Enlevés à prix d'or aux deux bouts de la Terre.
Il veut dans les Guerriers le zéle & la valeur,
Et sans les mesurer juge d'eux par le cœur.
Il est Héros en tout, puisqu'en tout il est juste.
Il sçait qu'aux yeux du Sage on a ce titre auguste
Par des soins bienfaisans plus que par des exploits.
Trajan (a), non loin du Gange enchaîna trente Rois (b).
A peine eut-il un nom fameux par sa victoire.
Connu par ses bienfaits, sa bonté fut sa gloire.
Jérusalem conquis & ses Murs abbatus,
N'ont point solemnisé le grand nom de Titus (c).
Il fut aimé, voilà sa grandeur véritable.
O vous qui l'imitez, vous, son rival aimable,
Effacez le Héros dont vous suivez les pas.
Titus perdit un jour; Et vous n'en perdrez pas.

(a) XIV Empereur Romain mort l'an de J. C. 117. & la 20 de son Empire.

(b) L'an de J. C. 106, & le 8 depuis qu'il étoit parvenu à l'Empire.

(c) XI Empereur mort en 81. Il avoit réduit Jérusalem en 70, la seconde année de l'Empire de Vespasien son pére & son prédécesseur.

IV.

STANCES au même.

UN Philosophe régne ! Ah le siécle où nous sommes
Le desiroit sans doute & n'osoit l'esperer !
Mon Prince a mérité de gouverner les hommes,
Il sait les éclairer.

Laissons tant d'autres Rois croupir dans l'ignorance,
Idoles sans vertus, sans oreilles, sans yeux.
Que sur l'autel du vice un flateur les encense,
Images des faux Dieux.

Quelle est du Dieu vivant la véritable image ?
Vous des Vertus, des Arts, des Sciences l'appui ;
Vous Salomon du Nord, plus savant & plus sage,
Et moins foible que lui.

V.

EPITRE au même.

Sur l'usage de la Science.

PRince, il est peu de Rois, que les Muses instruisent.
Peu sçavent éclairer les peuples qu'ils conduisent.
Le sang des Antonins (*a*) sur la terre est tari,
Et depuis Marc-Auréle (*b*) à Rome si chéri,
Qui, faisant adorer sa science profonde,
Affermit sa vertu sur le Trône du monde ;
Quel Roi, sous un tel joug osant se captiver,
Dans les sources du vrai sçut jamais s'abreuver ?

(*a*) Antonin surnommé *le Pieux* ou *le Bon* XVI Empereur mort l'an de J. C. 138.
(*b*) XVII Empereur, mort l'an 161.

Deux ou trois tout au plus, prodiges de l'histoire,
Du nom de Philosophe ont mérité la gloire.
Le reste est à nos yeux le vulgaire des Rois,
Esclaves des plaisirs, fiers oppresseurs des Loix,
Fardeaux de la Nature, ou fléaux de la Terre,
Endormis sur le Trône, ou lançant le tonnerre.
Prince audessus des Rois comme au-dessus de nous,
L'esprit des Antonins reluit encore en vous.
Pour le bonheur du monde il parle, il vous inspire.
C'est par lui que les cœurs sont déjà votre empire.
Aimer la vérité, la voir, & l'enseigner,
C'est le premier des Arts ; Et c'est plus que régner.
Hé quel est en effet ce grand art politique,
Ce talent si vanté dans un Roi despotique ?
Tranquille sur le Trône, il parle, on obéit ;
S'il sourit, on est gai ; s'il est triste, on frémit.
Quoi régir d'un coup d'œil une troupe servile,
Est-ce un poids si pesant, un art si difficile ?
Non ; mais fouler aux pieds la coupe de l'erreur
Dont veut nous ennivrer un ennemi flateur,
Des Prélats courtisans confondre l'artifice,
Aux Organes des Loix enseigner la Justice,
Des Ecoles enfin chassant l'absurdité
Dans leur sein ténébreux placer la vérité,
Eclairer le Savant, & soutenir le Sage ;
Voilà ce que j'admire ; Et c'est-là votre ouvrage.
L'ignorance en un mot flétrit toute grandeur.
Du dernier Roi d'Espagne (*a*) un grave Ambassadeur
De deux Savans Anglois reçut une priére.
Ils vouloient, de l'Ecole apportant la lumiére,
De

(*a*) Charles II. mort le 1. Novembre 1700.

De l'air qu'un long criſtal enferme en ſa hauteur (a)
Aller au haut d'un mont marquer la peſanteur.
Il pouvoit les aider dans ce ſavant voyage.
Il les prit pour des foux. Lui ſeul étoit peu ſage.
Que dirai-je d'un Pape & de ſes Cardinaux,
D'un zéle Apoſtolique uniſſant les travaux
Pour apprendre aux Humains, en leurs auguſtes Codes,
Que c'étoit un péché de croire aux Antipodes (b)?
Combien de Souverains, Chrétiens & Muſulmans,
Ont tremblé d'une Eclipſe, ont craint des Taliſmans!
Tout Monarque indolent, dédaigneux de s'inſtruire,
Eſt le jouet honteux de qui veut le ſéduire.
Un Aſtrologue, un Moine, un Chimiſte effronté,
Se font un revenu de ſa crédulité.
Il prodigue au dernier ſon or par avarice.
Il demande au premier ſi Saturne propice,
D'un aſpect fortuné regardant le Soleil,
Lui permet de dîner ou d'aller au Conſeil.
Il eſt aux pieds de l'autre; & d'une ame ſoumiſe,
Par la crainte du Diable, il enrichit l'Egliſe.
Un pareil Souverain reſſemble à ces faux Dieux,
Vils marbres adorés, ayant envain des yeux;
Et le Prince éclairé que la raiſon domine,
Eſt un vivant portrait de l'Eſſence divine.
Je ſai que dans un Roi l'étude & le ſavoir,
N'eſt pas le ſeul mérite & l'unique devoir.

Mais

(a) Le Barométre.
(b) Ce grave Décret eſt celui du Pape Zacharie élu le 3 Décembre 741, & mort le 15 Mars 752. Il le fit en confirmant la condamnation de Virgile Miſſionnaire & depuis Evêque de Saltzbourg qui avoit été déclaré hérétique par le fameux Boniface Archevêque de Mayence & Légat du Siége de Rome, pour avoir enſeigné qu'il y avoit des Antipodes. *Hiſt. Eccléſ. de l'Abbé Fleury, ſous l'année 748. Liv. 42. num. 57.*

Mais qu'on me nomme enfin de l'Histoire sacrée
Le Roi dont la grandeur est la plus célébrée.
C'est ce Héros savant que Dieu même éclaira,
Qu'on chérit dans Sion, que la Terre admira,
Qui mérita des Rois le volontaire hommage.
Son peuple étoit heureux. Il vivoit sous un Sage.
L'abondance à sa voix passant le sein des Mers,
Voloit, pour l'enrichir, des bouts de l'Univers,
Comme à Londre, à Bordeaux, de cent voiles suivi
Elle apporte au Printems les trésors de l'Asie.
Ce Roi que tant d'éclat ne pouvoit éblouir,
Sut joindre à ces talens l'art heureux d'en jouir.
Ce sont là les leçons qu'un Roi sage doit suivre.
Le savoir après tout n'est rien sans l'art de vivre.
Tout doit tendre au bonheur. Ainsi Dieu le voulut.
Le savoir est le guide; Il faut qu'il méne au but.
Un Roi, qui, sachant tout, ne sait pas l'art suprême
De rendre heureux son peuple & d'être heureux lui-même,
Est comme un riche avare à son or attaché,
Entassant un trésor inutile & caché.
Le poids embarrassant de la triste opulence,
D'un pauvre industrieux ne vaut pas l'indigence.
Qu'un Roi n'aille donc pas, épris d'un faux éclat,
Palissant sur un livre oublier son Etat.
Que plus il est instruit, plus il aime sa gloire.
De ce Monarque Anglois vous connoissez l'histoire.
Dans un fatal exil Jacques (a) laissa périr
Son Gendre infortuné (b), qu'il eut pû secourir.

Ah!

(a) Jacques Stuart VI Roi de son nom en Ecosse, & I en Angleterre, où il succéda à la Reine Elisabeth.

(b) Frédéric, surnommé *le Constant*, Electeur Palatin élu Roi de Bohéme en 1619 mais sans effet, cette Couronne lui ayant été enlevée par la Maison d'Autriche qui le dépouilla même de son Electorat.

Ah! qu'il eût mieux valu, rassemblant ses Armées,
Délivrer des Germains les Villes opprimées,
Vanger de tant d'Etats les désolations,
Et tenir la balance entre les Nations,
Que d'aller, des Docteurs briguant les vains suffrages,
Au doux Enfant Jésus dédier ses ouvrages (*a*).
Un Monarque éclairé n'est pas un Roi pédant.
Il combat en Héros, & pense en vrai Savant.
Tel fut de Julien l'éclatant caractére,
Philosophe & Guerrier, terrible & populaire.
Tel fut même César. On sait qu'il écrivoit,
En grand Homme, en Héros, ainsi qu'il combattoit.
Il seroit aujourd'hui votre modéle auguste
Et votre exemple en tout, s'il avoit été juste.

VI.

ODE

A LA REINE DE HONGRIE,

En 1742.

Fille de ces Héros que l'Empire eut pour Maîtres,
Digne du Trône auguste, où l'on vit tes Ancêtres
Toujours près de leur chûte & toujours affermis,
Princesse magnanime,
Qui jouis de l'estime
De tous tes Ennemis:

Le

(*a*) Jacques, extrêmement religieux dans la Communion Anglicane, écrivit plusieurs Livres de Spiritualité, & dans sa dévotion dégrada plus la majesté du Trône qu'il n'auroit fait par des galanteries que le préjugé ne poursuit souvent que pour substituer un esclavage à l'autre.

Le François généreux, si fier & si traitable,
Dont le goût pour la gloire est le seul goût durable,
Et qui vole en aveugle où l'honneur le conduit,
Inonde ton Empire,
Te combat & t'admire,
T'adore & te poursuit.

Par des nœuds étonnans l'altiére Germanie,
A ses puissans Rivaux malgré soi réünie,
Fait de l'Europe entiére un objet de pitié;
Et leur longue querelle
Fut cent fois moins cruelle
Que leur triste amitié.

Quoi! des Rois bienfaisans ordonnent les ravages!
Ils annoncent le calme, & forment les orages!
Ils prétendent conduire à la félicité
La Nation tremblante,
Par la route sanglante
De la calamité!

O! vieillard vénérable, à qui les destinées
Ont de l'heureux Nestor accordé les années,
Sage que rien n'allarme & que rien n'éblouit (a),
Peux tu priver le monde
De cette paix profonde
Dont ton ame jouit?

Ah! s'il pouvoit encore au gré de sa prudence,
Tenant également le glaive & la balance,
Fermer, par des ressorts aux Mortels inconnus,
De sa main respectée
La porte ensanglantée
Du Temple de Janus!

Si

(a) Le feu Cardinal Fleury.

Si de l'or des Français les sources égarées
Ne fertilisoient plus de lointaines contrées,
Raportoient l'abondance au sein de nos remparts,
Embellissoient nos Villes,
Arrosoient les asyles
Où languissent les Arts!

Beaux Arts, Enfans du Ciel, de la Paix & des Graces,
Que LOUIS en triomphe amena sur ses traces,
Ranimez vos travaux si brillans autrefois,
Nos mains découragées,
Nos Lyres négligées,
Et nos tremblantes voix.

De l'immortalité vos travaux sont le gage;
Tous ces Traités rompus & suivis de carnage;
Les triomphes d'un jour, les momens célébrés,
Tout passe, tout retombe
Dans la nuit de la Tombe;
Et vous seuls demeurez.

Le Ciel entend mes voeux, un nouveau jour m'éclaire,
L'ame du grand Armand (*a*) qui vous servoit de pére,
Pour animer vos chants, reparaît aujourd'hui.
Rois, suivez son exemple,
Vous, Prêtres de son Temple,
Soyez dignes de lui.

VII.

(*a*) Armand-Jean Du Plessis, Cardinal Duc de Richelieu.

VII.

QUATRAINS

Sur le malheur d'avoir près de cinquante ans.

SI vous voulez que j'aime encore,
Rendez-moi l'âge des amours.
Au crépuscule de mes jours.
Rejoignez, s'il se peut, l'aurore.

Des beaux lieux où le Dieu du vin
Avec l'Amour tient son empire,
Le Tems qui me prend par la main
M'avertit que je me retire.

Laissons à la belle Jeunesse
Le plaisir & les agrémens.
Nous ne vivons que deux momens.
Qu'il en soit un pour la sagesse.

Quoi pour toujours vous me fuyez,
Tendresse, illusion, folie!
Dons du Ciel, vous me consoliez
Des amertumes de la vie.

On meurt deux fois, je le vois bien.
Cesser de plaire & d'être aimable,
C'est une mort insuportable.
Cesser de vivre, ce n'est rien.

Ainsi je déplorois la perte
Des erreurs de mes premiers ans;
Et mon ame aux desirs ouverte
Rappelloit ses enchantemens.

Du Ciel alors daignant descendre,
L'Amitié vint à mon secours.
Elle étoit plus douce, aussi tendre,
Mais moins vive que les amours.

Touché de sa beauté nouvelle,
Et par sa lumiere éclairé,
Je la suivis ; Mais je pleurai
De ne pouvoir plus suivre qu'elle.

VIII.

AUTRES QUATRAINS,

A M. Van-Haren, Poéte Hollandois, & Député à l'Assemblée des Etats Généraux des Provinces-Unies.

Demosthéne au Conseil, & Pindare au Parnasse,
L'Auguste liberté marche devant tes pas.
Tyrtée a dans ton sein répandu son audace (a) ;
Et tu tiens sa trompette, organe des combats.

Je ne t'imite pas ; Mais j'aime ton courage.
Né pour la liberté, tu penses en Héros.
Mais qui naquit Sujet ne doit penser qu'en sage,
Et vivre obscurément s'il veut vivre en repos.

Notre

(a) Poéte d'Athénes, boiteux & contrefait, que les Athéniens donnérent par dérision aux Lacedémoniens pour commander leur Armée dans la guerre contre les Messéniens, mais dont les Vers, après trois défaites, rendirent tant de courage & de bravoure aux Soldats, qu'ils remportérent une victoire complette sur leurs Ennemis. Qu'un Tyrtée viendroit quelquefois bien à propos pour rendre aux Troupes la confiance qu'un lâche & imbécille Chef ne sait point leur inspirer !

Notre eſprit eſt conforme aux lieux qui l'ont vû naître.
Tout Etat a ſes mœurs, tout homme a ſon lien.
Ta gloire & ta vertu ſont de vivre ſans maître;
Et mon premier devoir eſt de chérir le mien.

IX.

PORTRAIT

De Madame la Ducheſſe DE LA VALLIÉRE *la jeune, ci-devant appellée Ducheſſe de Vaujour.* (a)

Etre femme ſans jalouſie,
Et belle ſans coquéterie,
Bien juger ſans beaucoup ſavoir
Et bien parler ſans le vouloir;
N'être haute ni familiére;
N'avoir point d'inégalité,
C'eſt le portrait de la Valliére.
Il n'eſt ni fini ni flatté.

(a) Anne-Julie-Françoiſe de Cruſſol-d'Uzès Sœur de M. le Duc d'Uzès premier Pair de France, Epouſe de M. le Duc de la Valliére Gouverneur du Bourbonnois.

X.

ODE AU ROI,

Dans laquelle est représenté un Prince armé pour la Paix, vainqueur de ses ennemis, & tout à la fois conquérant par ses grandes qualités le cœur du Philosophe que le mérite seul a droit de soumettre.

Sanctus haberi
Justitiæque tenax factis, dictisque mereris?
Agnosco procerem, Juv. Satyr. VIII. Vers 22. (a)

Loin de moi, fastueux délire,
Foibles élans d'un vain orgueil;
De l'Esprit, de ce qu'il inspire
Soyez toujours le juste écueil.

Je méprise votre harmonie,
Vos sons vuides de sentimens.
Mon cœur me tient lieu de génie;
Je ne peins que ses mouvemens.

Quel subit éclat de lumiére
Sort de ce mortel précieux?
Ses pieds touchoient à la poussiére;

Déja

(a) Cette Sentence philosophique de Juvenal qui fait le fonds de l'Ode n'étant pas connue de tous les Lecteurs, & l'idée du Poëte ayant été encore moins saisie, sa piéce n'a pas été goûtée de la plus grande partie du Public, qui l'a même jugé trop libre & trop hardie. Mais les Connoisseurs qui sont tout à la fois Philosophes, en ont pensé différemment. Ils ont trouvé tous unanimement que le Roi ne pouvoit être loué d'une maniére plus fine ni plus flatteuse qu'il l'est dans cette Ode. C'est sur ce jugement qu'on l'insére ici, quoique M. de V. l'ait désavouée.

Déjà sa tête est dans les Cieux ! (a)

J'hésite, j'ai peine à connoître, . .
Près de lui tout est éclipsé. . . .
Ah ! c'est mon Roi qui vient de naître.
Mes desirs l'avoient annoncé.

Hé quoi ! tant de momens tranquiles
Me déroboient tant de grandeur !
Je possédois ; Mes vœux stériles
Appelloient encor mon bonheur.

Les respects que son rang imprime,
Dans mon cœur cherchoient un apui,
Désormais toute mon estime
Ne peut m'acquiter envers lui.

Pour franchir sa vaste carriére,
Comment a-t'il trompé mes yeux ?
Quand je le cherche à la barriére,
Je l'apperçois victorieux !

A

(a) Ces deux Vers se sont lûs ainsi dans quelques Copies manuscrites de la piéce & dans un imprimé qui en a été fait furtivement à l'insçu de l'Auteur.

Ses pieds touchent à la poussiére,
Déjà son front est dans les Cieux.

C'est une imitation de la belle comparaison que Virgile fait du cœur inflexible d'Enée avec un chêne bravant les assauts des Aquilons. *Eneid. liv. IV. Vers* 445.

Ipsa hæret scopulis, & quantùm vertice ad auras
Æthereas, tantùm radice in Tartara tendit.

L'autre façon de lire présente le contraste du tableau renfermé dans le distique suivant qui fut fait sur Louis XIV en 1710 ou 1711.

Parvus es è magno, Lodoix, decrescis eundo.
Perge : minor, minimus, denique nullus eris.

A peine ma voix le réclame,
Ses ennemis font confondus.
Un inftant m'ouvre fa grande ame,
J'y vois le Trône des vertus.

Ce n'eft plus fa feule clémence
Que j'admire au fein du repos.
Valeur, activité, prudence,
Un jour feul en fait un Héros.

Mon cœur que fa gloire intéreffe,
S'attache, fe fixe à fes pas;
Et je me fens une tendreffe
Que je ne me connoiffois pas.

Humanité, mére adorable,
Lien des malheureux mortels,
Soutiens dans fa main équitable
Un glaive pris fur tes autels.

Son cœur que tu formas toi-même,
A t'outrager n'eft point inftruit.
Il fauve le fujet qu'il aime,
Il plaint l'ennemi qu'il détruit.

De cet éclat qui t'environne
Que d'autres yeux foient éblouis.
Je t'aime, ma main te couronne,
Sois mon Roi, vertueux LOUIS.

Si le hazard de la naiffance
Jadis me foumit à tes loix,
Je légitime ta puiffance;
Tu ne la dois plus qu'à mon choix.

Né

Né libre, des yeux de la haine
J'ai vû ton rang & sa fierté.
Ta vertu, ta conduite enchaîne
Mon orgueilleuse liberté.

Je cédois à ce droit suprême
Qu'en toi le sang avoit transmis.
Tu mérites le Diadême,
Je t'admire, & je suis soumis.

XI.

DISCOURS EN VERS, OU ESPECE D'ÉPITRE

Sur les Evénemens de l'année 1744.

» QUoi! verrai-je toujours des sottises en France,
(Disoit l'Hiver dernier d'un ton plein d'importance
Timon (*a*), qui du passé profond admirateur
Du présent qu'il ignore est l'éternel frondeur)?
» Pourquoi (s'écrioit-il) le Roi va-t'il en Flandre?
» Qu'elle étrange vertu qui s'obstine à défendre
» Les débris dangereux du Thrône des Césars
» Contre l'or des Anglois & le fer des Houzards!
» Dans le jeune Conti (*b*) quel excès de folie
» D'esca-

(*a*) Nom d'un fameux Misantrope d'Athénes qui se donne par analogie à un homme de même caractére.
(*b*) Louis de Bourbon Prince de Conti, né le 13 Août 1717.

» D'escalader les Monts qui bordent l'Italie,
» Et d'attaquer vers Nice un Roi victorieux (a)
» Sur ces sommets glacés dont le front touche au Cieux !
» Pour franchir ces amas de neiges éternelles,
» Dédale à cet Icare a-t'il prété ses ailes (b) ?
» A-t'il reçu du moins dans son dessein fatal,
» Pour briser les Rochers, le secret d'Annibal ? (c)
Il parle, & Conti vole. Une ardente jeunesse,
Voyant peu les dangers que voit trop la vieillesse,
Se précipite en foule autour de son Héros.
Du Var (d) qui s'épouvante on traverse les flots.
De torrent en rocher, de montagne en abîme,
Des Alpes en couroux on assiége la cime.
On y brave la foudre. On voit de tous côtés
Et la nature & l'art, & l'ennemi domptés.
Conti qu'on censuroit & que l'Univers loue,
Est un autre Annibal qui n'a point vû Capoue (e).
Critiques orgueilleux, Frondeurs, en est-ce assés ?
Avec Nice & Démont (f) vous voilà terrassés.

Mais

(a) Charles-Emmanuel Roi de Sardaigne Duc de Savoie.

(b) La fable dit que Dédale voulant se sauver avec son fils Icare de l'Isle de Créte où Minos le tenoit enfermé, se fit pour lui & pour Icare des aîles qu'il s'attachérent avec de la cire. *Nat. Com. lib. VII. pag. 771.*

(c) On apprend des Historiens Polybe & Tite Live, que quand Annibal entreprit de passer les Alpes pour entrer en Italie (l'an de Rome 534, avant J. C. 218), il calcina avec du vinaigre & le secours du feu, des Rochers où il n'y avoit jamais eu de chemin. Il forma cette entreprise sur la fin d'Octobre & en vint à bout, quoique les neiges fussent déja tombées & qu'il fût continuellement harcelé dans sa marche par un Ennemi qui n'avoit point d'Armée réglée, mais qui n'en n'étoit pas moins formidable. *Polyb. lib. II. T. liv. lib. XX. num. 32 & seq.*

(d) Riviere du Comté de Nice qui devient une mer à la fonte des neiges.

(e) Ville d'Italie, où l'oisiveté amollit les troupes d'Annibal, & qui fut le terme de ses succès.

(f) Fort au passage des Alpes.

Mais tandis que sous lui les Alpes s'applanissent,
Que sur les flots voisins les Anglais en frémissent,
Vers les bords de l'Escaut (a) LOUIS fait tout trembler.
Le Batave (b) s'arrête & craint de le troubler.
Ministres, Généraux suivent d'un même zéle
Du Conseil aux dangers leur Prince & leur modéle.
L'ombre du grand Condé (c), l'ombre du grand LOUIS
Dans les Champs de la Flandre ont reconnu leur fils.
L'Envie alors se tait. La Médisance admire;
Zoïle (d) au jour au moins renonce à la Satyre;
Et le vieux Nouvelliste, une canne à la main,
Trace au Palais Royal, Ypre, Furne & Menin.
Ainsi lorsqu'à Paris la tendre Melpoméne
De quelque ouvrage heureux vient embellir la scéne,
En dépit des sifflets de cent Auteurs malins
Le spectateur sensible applaudit des deux mains.
Ainsi malgré Bussi (e), ses chansons & sa haine,
Nos ayeux admiroient Luxembourg (f) & Turenne.
[(g)

Le

(a) Riviére de Flandre.

(b) Nom propre de la Hollande Méridionale & de la Seigneurie d'Utrecht, mais qui se prend plus généralement pour toute la République des Provinces Unies.

(c) Louis de Bourbon, Prince de Condé, II du nom, mort le 11 Décembre 1686.

(d) Nom d'un Critique qui a été fameux chez les anciens Grecs par son humeur chagrine.

(e) François de Rabutin, Comte de Bussi, Auteur de l'Histoire Amoureuse des Gaules.

(f) François-Henry de Momtmorenci, Duc de Pinei-Luxembourg, Maréchal de France.

(g) Henri de la Tour-d'Auvergne Comte de Lanquais en Périgord, & Vicomte de Turenne, mais seulement de nom, le Domaine ayant toujours été possédé par les Duc de Bouillon Frédéric-Maurice de la Tour-d'Auvergne son frére, & Godefroi-Maurice son neveu.

Le Français quelquefois est léger & mocqueur ;
Mais toujours le mérite eut des droits sur son cœur.
Son œil perçant & juste est promt à le connaître.
Il l'aime en son égal. Il l'adore en son Maître.
La vertu sur le Trône est en son plus beau jour ;
Et l'exemple du monde en est aussi l'amour.
Nous l'avons bien prouvé, quand la fiévre fatale
A l'œil creux, au teint sombre, à la marche inégale,
De ses tremblantes mains ministres du trépas,
Vint attaquer LOUIS qui voloit aux combats.
Jadis Germanicus *(a)* fit verser moins de larmes.
L'Univers éploré ressentit moins d'allarmes
Et goûta moins l'excès de sa félicité,
Lorsque Antonin mourant reparut en santé *(b)*.
Dans nos emportemens de douleur & de joie,
Le cœur seul a parlé, l'amour seul se déploie.
PARIS n'a jamais vû de transports si divers,
Tant de feux d'artifice, & si peu de bons Vers.

Autrefois, ô grand Roi, les filles de Mémoire,
Chantant au pié du Trône, en égaloient la gloire.
Que nous dégénérons de ce tems si chéri !
L'éclat du Trône augmenté, & le nôtre est flétri.

(a) Drusus Néron Germanicus I, frére cadet de l'Empereur Tibére, & comme lui sorti du premier mariage de l'Impératrice Livie seconde femme d'Auguste avec Tibére Claude Néron. Il mourut de poison la 19 année de J. C. Il avoit épousé une fille d'Octavie sœur d'Auguste, de laquelle il eut Germanicus II (qui fut l'ayeul maternel de Néron) & l'Empereur Claude qui succéda à Caligula l'an de J. C. 41.

(b) Antonin surnommé *le Pieux* ou *le Bon*, Prince aussi aimé de ses Sujets, que plein d'amour pour eux, eut une maladie très-dangereuse dont il se rétablit ; & il ne mourut qu'en 138 de J. C.

O ma Prose, ô mes Vers, gardez-vous de paraître !
Il est dur d'ennuyer son Héros & son Maître.
Cependant nous avons la noble vanité
De mener les Héros à l'immortalité.
Nous nous trompons beaucoup. Un Roi juste & qu'on
[aime
Va sans nous à la gloire, & doit tout à lui-même.
Chaque âge le benit. Le vieillard expirant
De ce Prince à son fils fait l'éloge en pleurant.
Le fils éternisant des images si chéres,
Raconte à ses neveux le bonheur de leurs peres ;
Et ce nom dont la terre aime à s'entretenir,
Est porté par l'amour aux siécles à venir.
Si pourtant, ô grand Roi, quelque esprit moins vul-
[gaire,
Des vœux de tout un peuple interpréte sincére,
S'élevant jusqu'à vous par le grand art des Vers,
Osoit, sans vous flatter, vous peindre à l'Univers,
Peut-être on vous verroit, séduit par l'harmonie,
Pardonner à l'éloge en faveur du génie !
Peut-être d'un regard le Parnasse excité
De son lustre terni reprendroit la beauté.
L'œil du Maître peut tout. C'est lui qui rend la vie
Au mérite expirant sous les dents de l'Envie.
C'est lui dont les rayons ont tant fait éclairé
Le modeste Talent dans la foule ignoré.
Un Roi qui sait régner nous fait ce que nous sommes.
Les regards d'un Héros produisent les Grands hommes.

XII.

XII.

NOUVELLE ÉPITRE AU ROI,

Présentée à S. M. au Camp devant Fribourg.

1 Novembre 1744.

VOus, dont l'Europe entiere aime ou craint la Justice,
Brave & doux à la fois, prudent sans artifice,
Roi nécessaire au Monde, où portez-vous vos pas?
De la Fiévre échapé, vous courez aux Combats!
Vous volez à *Fribourg!* En vain la *Petronie* (*a*)
Vous disoit: » Arrêtez, ménagez votre vie;
» Il vous faut du régime, & non des soins guerriers.
» Un Héros peut dormir couronné de Lauriers. »
Le zéle a beau parler, vous n'avez pû le croire.
Rebelle aux Médecins, & fidéle à la gloire,
Vous bravez l'Ennemi, les Assauts, les Saisons,
Le poids de la fatigue, & les feux des Canons.
Tout l'Etat en frémit, & craint votre courage.
Vos Ennemis Grand Roi, le craignent davantage.
Ah, n'effrayez que *Vienne*, & rassurez *Paris!*
Rendez, rendez la joie à vos Peuples chéris.
Rendez-nous ce Héros qu'on admire & qu'on aime.
  Un Sage nous a dit, que le seul bien suprême,
Le seul bien qui du moins ressemble au vrai bonheur,
Le seul digne de l'Homme, est de toucher un cœur.
Si ce Sage eût raison, si la Philosophie

Plaça

(*a*) Premier Chirurgien du Roi.

Plaça dans l'amitié le charme de la vie,
Quel est donc (justes Dieux!) le destin d'un bon Roi,
Qui dit, sans se flatter: Tous les cœurs sont à moi?
A cet empire heureux qu'il est beau de prétendre!
Vous, qui le possédez, venez, daignez entendre
Des bornes de l'*Alsace* aux remparts de Paris,
Ce cri que l'amour seul forme de tant de cris.
Accourez, contemplez ce Peuple dans la joye,
Bénissant le Héros que le Ciel lui renvoye.
Ne le voyez-vous pas tout ce Peuple à genoux,
Tous ces avides yeux qui ne cherchent que vous,
Tous ces cœurs enflammés volant sur notre bouche?
C'est là le vrai triomphe, & le seul qui vous touche.
Cent Rois au Capitole en Esclaves traînés,
Leurs Villes, leurs Trésors, & leurs Dieux enchaînés,
Ces Chars étincellans, ces Prêtres, cette Armée,
Ce Sénat insultant à la Terre opprimée,
Ces Vaincus envoyés du spectacle au cercueil,
Ces Triomphes de Rome étoient ceux de l'Orgueil;
Le vôtre est de l'Amour, & la gloire en est pure.
Un jour les effaçoit, le vôtre à jamais dure.
Ils effrayoient le Monde, & vous le rassûrez;
Vous, l'image des Dieux sur la Terre adorés,
Vous, que dans l'Age d'or elle eût choisi pour Maître.
Goûtez les jours heureux que vos soins font renaître.
Que la Paix florissante embellisse leur cours.
Mars fait des jours brillans, la Paix fait les beaux jours.
Qu'elle vole à la voix du Vainqueur qui l'appelle
Et qui n'a combattu que pour nous & pour elle.

XIII.

LETTRE AU ROI DE PRUSSE.

Du même jour.

Du Héros de la Germanie
Et du plus bel esprit des Rois,
Je n'ai reçu depuis trois mois
Ni beaux Vers, ni Prose polie!
Ma muse en est en léthargie,
Je me réveille aux fiers accens
De l'Allemagne ranimée,
Aux fanfares de votre Armée,
A vos tonnerres menaçans,
Qui se mêlent aux cris perçans
Des cent voix de la renommée.
Je vois de Berlin à Paris
Cette Déesse vagabonde
De Frédéric (*a*) & de Louis
Porter les noms au bout du monde;
Ces noms que la Gloire a tracés
Dans un cartouche de lumiére;
Ces noms qui répondent assés
Du bonheur de l'Europe entiére,
S'ils sont toujours entrelassés.
Quels seront les heureux Poétes,
Les sublimes Chantres des Roix,
Qui pourront élever leur voix

Et

(*a*) Nom du Roi de Prusse.

Et parler de ce que vous faites ?
C'est à vous seul de vous chanter ;
Vous, qu'en vos mains j'ai vu porter
La lyre & la lance d'Achille,
Vous qui, rapide en votre style
Comme dans vos exploits divers,
Faites de la Prose & des Vers
Comme vous prennez une Ville.
D'Horace heureux imitateur,
Sa gaité, son esprit, sa grâce
Ornent votre style enchanteur ;
Mais votre Muse le surpasse
Dans un point cher à notre cœur.
L'Empereur protégeoit Horace,
Et vous protégez l'Empereur.
Fils de Mars & de Calliope
Et dignes de ces deux grands noms,
Faites le destin de l'Europe,
Et daignez faire des Chansons ;
Et quand Thémis avec Bellone
Par votre main rafermira
Des Césars le funeste trône (*a*),
Quand le Hongrois cultivera
A l'abri d'une paix profonde
Du Tokai (*b*) la vigne féconde,
Quand partout son vin se boira,
Qu'en le buvant on chantera
Les Pacificateurs du monde,

Mon

(*a*) Les alliances avec les Empereurs ont toujours été plus nuisibles qu'avantageuses à leurs défenseurs.

(*b*) Excellent pays de Hongrie, appartenant aux Princes Ragotzi, où croît le vin communément appellé *Tokai*.

Mon Prince à Berlin reviendra,
Mon Prince à ſon peuple qui l'aime
Libéralement donnera
Un nouvel & bel opéra
Qu'il aura compoſé lui-même.
Et chaque Auteur applaudira ;
Car tout envieux que nous ſommes
Et du métite & d'un grand nom,
Un Poéte eſt toujours fort bon
A la tête de cent mille hommes.
Mais, croyez-moi, d'un tel ſecours
Vous n'avez pas beſoin pour plaire.
Fuſſiez-vous pauvre comme Homére (*a*),
Comme lui vous vivrez toujours.
Pardon ſi ma plume légére
Que ſouvent la vôtre enhardit,
Ecrit toujours au Bel-eſprit
Beaucoup plus qu'au Roi qu'on révére.
Le Nord à vos ſanglans progrès
Vit des Rois le plus formidable.
Moi qui vous approchai de près
Je n'y vis que le plus aimable.

(*a*) Si l'on en croit quelques Auteurs, ce Poéte avec ſes grands talens étoit ſi pauvre, que pour vivre il étoit obligé d'aller de Ville en Ville réciter ſes Vers.

EPIGRAMMES NOUVELLES DE M. PIRON.

Contre l'Abbé Desfontaines, Auteur connu de la Feuille périodique intitulée : *Jugemens sur quelques Ouvrages nouveaux*, qui a succedé aux Observations sur les Ecrits modernes.

I.

CEt Ecrivain, Auteur de cent libelles,
Croit que sa plume est la lance d'Argail (a).
Au haut du Pinde, entre les neuf Pucelles,
Il s'est planté comme un épouventail.
Que fait le bouc en si joli bercail ?
Y plairoit-il ? Penseroit-il y plaire ?
Non. C'est l'Eunuque au milieu du Sérail.
Il n'y fait rien, & nuit à qui veut faire.

II.

DAns le bassin des fontaines du Pinde
Veille un Serpent boursoufflé de venin.
Géant ne suis, ni le dompteur de l'Inde (b);
Mais les neuf Sœurs m'ont vû d'un œil benin.
Autorisé du sénat féminin,
J'ai gain de cause ; Et sans gands ni mitaines,
J'arracherai, moi qui ne suis qu'un nain,
Et dents & langue au Serpent des Fontaines.

(a) Héros des Poëmes Italiens de Boiardo & de l'Arioste, dont les armes enchantées avoient la vertu de pourfendre tout ce qu'elles touchoient.

(b) Bacchus. Alexandre le Grand, Roi de Macédoine, a été aussi nommé le Vainqueur de l'Inde.

III.

MAigres Auteurs, pour être gras à lard,
Erigez-vous en Censeurs téméraires;
Et barbouillez des feuilles au hazard
D'absurdités l'une à l'autre contraires.
Très-joliment vous ferez vos affaires.
Vous essuierez quelques petits chagrins.
Serez par fois conspués, pris aux crins,
Vilipendés. N'importe. Vos bedaines
S'arrondiront; Et d'Abbés Pellegrins (a)
Vous deviendrez des Abbés des Fontaines.

IV.

S'Il ne jugeoit, il en mourroit soudain.
Il faut qu'il juge & qu'il nous apprécie.
Il veut juger. C'est de Perrin Dandin (b)
Le vrai Pendant, fors une minucie,
Un point sans plus, qui les différencie
A l'Audience, & d'un commun accord
Adjuge au mien le prix de l'ineptie.
L'autre y dormoit; celui-ci nous endort.

(a) Auteurs de quelques Opéra & de quelques mauvaises Tragédies qui ne l'ont point enrichi.
(b) Juge de la Comédie des Plaideurs de Racine.

AUTRE

AUTRE,

Contre le même,

Sur ses Pseaumes en Vers dont on ne se souvient aujourd'hui que pour se rappeller combien ce grand Ecrivain, appréciateur des talens Poëtiques, en a peu pour la Poësie.

Par M. ***

J'Avois crû, cher ami, que tes Odes sacrées
Auroient un plus brillant succès.
Au Public volontiers je ferois le procès.
Il semble qu'à ses yeux ce soient piéces tarées.
Pour moi je trouve que par-tout
Le beau, le sublime y foisonne ;
Et c'est dommage que personne
N'ait pu les lire jusqu'au bout.

FIN.

www.ingramcontent.com/pod-product-compliance
Ingram Content Group UK Ltd.
Pitfield, Milton Keynes, MK11 3LW, UK
UKHW032017260826
14628UKWH00006B/2530

9 782019 709525